還是要有傢俱
才能活得不悲傷

徐珮芬詩集

目次

輯一　離開是一座房子

回門　011
收到愛人的死訊以後　013
離騷　015
有罪　017
芝麻開門　018
還是要有傢俱才能活得不悲傷　020
僅供參考　021
被忘路　023
語音信箱　024
展覽　025
街角的祝福　026
好久不見　028
孩子　030
斷尾　035

輯二　末日

如果還有明天　039
明天你還愛我嗎　040
末世光景　043
防空洞　044

輯三　蘋果

春泥　047
初夏荷花時期的愛情　049
燈火闌珊　051
無關　052
是你　054
風聲　056
莫比烏斯環　057
LINE　061
蘋果　063

走春 064
心魔 065
我不知道怎麼樣去愛這樣的人 066
走光 068
那樣就好 069
心軟 071
彼岸花 072
而我並不…… 073
消失的星期四 075

輯四｜於是長大了以後

我放棄作一個安那其 079
國王的遊戲 082
說來有點可笑 084
後來的事 086
沒有菸抽的日子 088
漫長 091

解離　093
花　094
我曾經是個亡命之徒　096
化外　099
地球人　101

輯五　水手服與機關槍

夜幕降臨在我的國家　105
我不革命　107
自由廣場　111
關門　113
靜好的歲月　115
想像的方塊舞　118
革命　120
大事　121
革命份子的愛人　124

公道價　126
夜裏的革命　128

輯六｜生命是一道傷口

星期五晚上的電話留言　133
[redacted]　134
細節　135
單選題　136
在同一個宇宙之中　138
早安你好　139

輯七｜瓶中信

旁觀他人之痛苦　145
你不知道怎樣愛我　147
你好嗎？　149
四個尋找張愛玲的劇中人　150

詞窮的詩人　155
達蘭薩拉男孩　158
放開那個女孩　162
安那其安娜卡列尼娜　165

輯八　彩蛋

祈禱　171
隱版　173
燈謎　175
剩人狀態　176
花樣年華　178
誤讀　180
鐵石心腸　181
黑盒子　184
後記　這裏　185

輯一

離開是一座房子

回門

不要應門
你就靜靜地把自己安放於
無夢的黑夜中
讓快樂的
都被框進從前
眼淚流回許願池裏
街燈一盞
一盞地
熄滅，以溫柔的秩序

忘記我吧

像你在每個落雨的晚上
無論如何總會想起我那樣
把我留下的吉他
用風衣包裹妥當
將所有為我寫的日記
撕下來摺成紙飛機
裝作沒有人知道歷史
沒有人曾經拿著信
在門外等你

收到愛人的死訊以後

把你們去過的地方
全部倒立著逛過一遍
幫他想墓誌銘
幫他寫
把你們的情書翻譯成
你全然不了解的語言

也可以試著進行一些盲目約會
不知道哪些男伴
將戴著甚麼顏色的蝴蝶結

好好練就一首歌
準備在盛大的葬禮上表演
或者就讓自己懸空著
不斷生鏽
不斷生鏽
並且對這樣的自己感到
萬分抱歉
萬分抱歉

離騷

你要走了
被放開的手握住自己
你要走了
我的掌心貼住冰冷的玻璃

你要走了
不用寄信給我
但請記得給我寫信

你要水
天會下雨
你要火
眼前便開展一片森林
去吧
不用擔心忘了帶上甚麼
你就是你的行李
那些風景之所以在路上
是因為你還年輕

有罪

像支被遺忘在街角的老提琴
前方的光
後邊的黑暗
都無法把你帶回來

芝麻開門

……在嗎
有人在家嗎
有人在家的話
開門好嗎
借我一張面紙
讓我擦擦眼淚好嗎
開門好吧
至少讓我進去把音樂關掉吧
開門好嗎
蛋糕沒吃完必須冷藏

開門好吧
班機就要起飛了啊
開個門吧
我已經從遠方回來了
開門一下
看看我從羅馬神殿前的許願池裏
給你撿回來甚麼好東西
是很久很久以前
我們倚著對方分食同一份燒餅時
從你唇邊偷走的
那顆芝麻

還是要有傢俱才能活得不悲傷

還是要有傢俱
才能活得不悲傷
還是要真正和誰
說過再見
才能變成完整的人
像停電的夜裏
走在碎玻璃上
那麼誠實
不卑
不亢

僅供參考

我們曾親吻彼此如兩個小孩
曾一起參加革命
發過一字不差的誓
抱著對方整夜
天亮時開出玫瑰

我們曾年輕到不知如何是好
山無陵
江水為之竭
那麼傷心

我們曾深信將被世界放逐
在暴雨中共撐一把傘
並笑著尖叫著
把它丟到很遠的地方

我們曾共用一個置物櫃
一張書桌
一起搭乘熱氣球
沒有人知道要去哪裡

如今這一切都僅供參考了
在飄著曇花香味的夜裏

被忘路

他們總有許多失物放在我身上
忘了領回

未曾穿過的襯衫
吹不乾的頭髮
水珠沿著影子的邊緣滑落
下雨了
走在前方的人
從不回頭

語音信箱

所以
生命到底發生甚麼事了
而時間又是
如何離開的
我試著繞過鏡子
去尋找問題的答案
那裏卻甚麼都沒有
塔樓上掛著一座古老的大鐘
布穀鳥不曾飛出來過

展覽

因為博物館裏甚麼也沒有
人祇能在人與人之間徘徊
因為博物館裏甚麼也沒有
人祇能在人與人之間徘徊
因為博物館裏甚麼也沒有
人祇能在人與人之間徘徊
因為博物館裏甚麼也沒有

街角的祝福

你曾經告訴我
安哲羅普洛斯說過：
一個人和一個不忠的（女）人生活在一起
他殺掉這個（女）人，或是
這個（女）人殺掉他
是無法避免的事

忽然好想知道
此刻

挽著你臂膀的手
搽甚麼顏色的指甲油

好久不見

念在好久不見的份上
可以請你不要這樣嗎
不要在我寂寞的時候
睡得那麼好
不要在我孤獨的時候
過得那麼圓滿
不要在我躲雨的時候
撐傘摟著她
經過街角的咖啡店

念在好久不見的份上
可以不要這樣嗎
你的側面
還剛好擋住她的臉

孩子

原來你是那麼容易迷失
在任何一個路口
我一直以為
自己緊緊握住你的手

你看
彩色的路標
禁止通行的警告
在你眼前開展的是

一條長長的
木棉道
白色的絨絮紛飛

白色的細雪飄落
我替你戴上毛線帽和圍巾
你為我暖手
我好抱起你
將你放上鞦韆去
越盪
越高
你笑，我也就跟著笑
把你舉高高
你怕，我教你要知道

不管從哪裏掉下來
我總會把你接好

帶你去騎旋轉木馬
看你跟著音樂
上上
下下
手牽手去坐咖啡杯
各種風景都準備好
要你看見

我摟著你在懷裏
聽見你的心跳
帶你去溜滑水道

越滑
越快
太快了
我開始聽不清你的名字
我開始看不到你的眼睛
我想要往前跑
可是一切都在向後倒

翹翹板往我這一倒
對面的你
就不見了
張開眼睛
為你織好的衣服
懸掛在枯木上

那麼冷
沒有人來穿它們
那座樂園
就如同那些春天和冬天
沒有人來過

斷尾

每個季節
都有屬於它自己的秘密
我在沒有菸抽的日子裏
老是做著長夢

你離開的時候
我不去看那一扇窗
花瓶裏的水已經乾涸
就任憑陽光燦爛

我在黑暗中
忽然懷念
還不知道故事結局時
那樣的自己

輯二

末日

如果還有明天

如果還有明天
我想要分明的輪廓
和漂亮的髮型
在陽光下萌發的芥菜種子
在雨中灑落一地的阿勃勒花

如果沒有明天
我想要你

明天你還愛我嗎

明天你還愛我嗎
明天過後
明天就不在了
心不會再跳了
孩子的蠟筆
也沒有顏色了

明天過後
再也沒有人幫你澆花

沒有人看家
沒有早餐
沒人起床

一顆寂寞的星球
在遠方
爆炸的火光
星星之火
把火星燒光

上帝一說
「要有光」
太陽餅裏就再也找不到太陽
月亮蝦餅

也沒有月亮
蝦子全部都跑去釣蝦

魚在天上飛
鳥兒水中游
我愛的人都不在家
你的家你的人你的愛
也都不在，明天

過後，明天
就不再了
明天
你還愛我嗎

末世光景

直到世界終結時
我再把你贖回來

防空洞

請你挨好我
因為
天就要亮了

輯三

蘋果

春泥

（壹）

我不擔心郵差弄丟信件
因為我從未寫下任何
關於你的事
你是那麼美麗
時間不在你身上留下影子

（貳）

我從不在旅行時
寄給你任何一張明信片
我害怕你的地址
我害怕填寫收件人的名字
害怕與你談論星座
咖啡或共進早餐

（參）

風起的時候
不敢看你
只願能穩穩扶好自己那頂
紅色的帽子

初夏荷花時期的愛情

山很高
水很輕

過氣的女伶為了你
重新套上陳舊的舞鞋
聶魯達替你寫下了情詩和絕望的歌
季節要讓你看到不一樣的風景
於是溫柔地更迭

魔術師怕你失望
始終不脫下他的高帽
那裏面
沒有白鴿

我要保護你
讓你面對世界
永遠像個
剛睡醒的小孩

燈火闌珊

今夜突然覺得特別冷
多麼希望雨中
有間小酒館
而且你坐在裏面
殷切期盼

無關

我假裝這一切與你無關
沉睡與你無關
早餐與你無關
夢與你無關
夢中的那人與你無關
你的名字與你無關
你與你無關

我假裝去巴黎旅行與你無關
把一部電影反覆看十次與你無關
失眠與你無關
寫詩與你無關
你與我無關

是你

我曾以為自己是安全並富足的
直到遇見了你
我曾以為彩虹只有七種顏色
直到遇見了你
我曾以為兩個人相擁
躺在同一張床上睡去
就能陷落一模一樣的夢境
直到和你在一起

我相信末日到來時
所有人類都將背負起
同一條罪名
除了你

風聲

我害怕被你拒絕的那些
譬喻
曇花的香味
你的頭髮
雨天撐傘的理由
如果瓶中船的帆未曾揚起
為何我聽見風的聲音

莫比烏斯環

不如我們重新
再來，像從前那樣
反覆在哪個巷口
或是哪句話裏練習迷路
在荒蕪的夢中草原上挖井
一起溺水
一起逆水
一起在末日般淫猥的週日下午中
進行悲傷的採購，把戰利品拍成一部

電影，看著
便一起相擁入睡

相擁入睡
把黑夜放在彼此的身體裏
一起在透明的玻璃中醒來
相視而笑
牽手到下一個新的巷口去
練習迷路
練習背叛
大哭以後再相互取暖
在對方的夢裏複習迷路
轉錄、援引或反駁那些巷弄
然後寫進自己的小說

相互嘲笑
那麼冬天來便能對抗惡寒

對抗惡寒
把冬天藏進相愛的縫隙裏
把相愛放在冬天的行事曆裏
按表操課之際，把卡夫卡所有故事的結局
才串在一起，發現我們終於也祇剩下安靜
於是不得不輪流為對方做人工呼吸
在週日般淫猥的末日中
一同吐水
一同等待
等待被謀殺
等待被等待

等待窗外日光
隨天長變幻，重新再來

（二〇一〇年高雄青年文學獎得獎作品，原名〈循環〉，
收錄於《那些我仍寫詩的日子：高雄青年文選新詩集》）

LINE

給我一條線
得以穿過那些
幽暗的歲月
空寂的廢墟
荒蕪的人群
好抵達你身邊

給我一條線
讓我感覺安全
讓我不那麼悲哀

讓我覺得自己
比想像中來得
不平凡

給我一條線
即便你已讀不回
甚至是不讀不回
就算我走到終點
發現你早已放手
又或根本不存在

蘋果

疏落一地的是我的不安
在月光和樹影之間
你是黑色的泯滅
我不許自己踐越

走春

沒想到走著走著
春天就到了

教導我
花朵和蜜蜂有甚麼不一樣
告訴我
與冬天有禮貌地告別的秘密
抖落一身的雪花
笑著加入他帶領的遊行

心魔

你問自己
誰才是真正的恐怖份子
誰捧著一束紅玫瑰劫機
在那些豔陽高照的日子裏
你的心雷電交加

我不知道怎麼樣去愛這樣的人

挺拔而古典
相信世界如同相信自己
親手栽種的山茶花
必在春天綻放

純粹而溫暖
掌紋裏有好多故事
並且那些故事
都是可以說的

騎車小心翼翼
在每一個轉角打方向燈
禮讓整條入夜的街道
對每一盞路燈致敬
並且準時回家

暖色系
喜歡緩緩升起的林間炊煙
和廢棄的舊日鐵道
猜測枕木的去向

我不知道怎麼樣去愛這樣的人

走光

你憑甚麼突然闖進來
撕破我的窗簾
讓陽光猝不及防
照亮整個房間

那樣就好

我們太幸福
微笑中忘了忙碌
不奢求別人見諒
也不當心階梯向下
向詐騙集團們親切問好
購買每一枝愛心筆
以證明我們相愛的決心

雖然沒有人可以決定
明天風將往哪個方向吹

我們仍然選擇
不知道知不知道
只知道不知道的
只知道醒來時
還躺在同一張床上
那樣就好

心軟

替你洗澡
捏捏你的手掌

像個笨拙的小偷
孩子把玩具珍藏在閣樓
細數著他的贓物

心那麼軟

彼岸花

告訴我
一艘漂流的船
也會有心事嗎
愛人不在的時候
都是遠方

而我並不……

而我並不會在你穿越終點線的時候
給你一個擁抱，而我並不
經常把你托著腮的樣子
想像成一幅安靜的畫
在孤獨的夜裏打翻牛奶
在心底哼歌邊把桌巾拭乾

而我並不在失眠的晚上
用你的影子塗滿白牆

而我並不

強調自己因為你而失去清醒
因為你變成一個
多夢的人，因為你
忘記吃早餐

而我並不知道該如何去想像
永遠的樣子
也不相信天亮
而我害怕
一旦把你背起……

消失的星期四

妳今天帶著了消失的星期四來赴約
妳知道你眼前的男人永遠不會知道
妳從他那裏究竟偷走了多少
妳在想如果早一點
或晚一點遇到
妳也不知道

妳看男人的手滑過晨間新聞
妳看男人的手滑過戰爭，災難
浩劫和瀕死的小孩

被炸開的牆垣
妳低頭望向自己消失的星期四
妳確定這個計畫非常
非常完美

妳聽男人咀嚼厚片土司的節奏和力道
妳回憶男人各種節奏和力道
妳哼著男人床邊手機鈴聲的旋律
妳確定這男人
永遠不會發現他的星期四
少了一點點

輯四

於是長大了以後

我放棄作一個安那其

於是我
決定放棄作一個安那其
不去想以後的事
不再臥坐鐵皮屋頂
一個人吹口琴
不去猜測黑咖啡冷掉之後的酸度
不去書寫龍舌蘭的藍是甚麼藍
不去研究各種縮寫張開後的形狀
不去背對各種命運
不捕捉任何光或影

不再打破玻璃
不再亂按門鈴
假裝不知道你在哪裏
不愛得精疲力盡
把所有的淚水保存得小心翼翼
不再去尚未凝固的水泥地上
踩下歡快的腳印

只在有音樂的時候跳舞
只在有聽眾的地方歌唱
流淚時閉緊眼睛
天黑了就關上燈
只在睡覺的時候
作夢

學會正確的握筆
姿勢，接吻和呼吸
學會人工呼吸
避免讓自己身邊的人遭逢意外
死去，避開所有的
死去

對不存在的事物
採取不存在的態度
對革命漠然
對憤怒的人群微笑
用看一部沒有字幕的異國電影
那樣的眼神
對待自己的一生

國王的遊戲

難道我們的夏日與冬夜
都是幻覺嗎
星期六的夜裏
有人走在城中的街道上
哼歌，他微笑的樣子
彷彿自己是穿著衣服的國王
並且在懷裏藏了把槍

或許我們的春天與秋天
都已經過去了吧

被女孩脫下的芭蕾舞鞋
就放在那裏
吹動琴譜的風
突然靜了下來
突然想哭

那不是黑夜不是失敗不是眼淚不是雨
那是你
我們的孤獨跟寂寞
終究不曾
踏進彼此的房間裏面

說來有點可笑

這事說來有點可笑
像700CC飲料杯蓋上的那些謎語
軼事，流言或留言
木頭課桌椅上的立可白塗鴉
瓶中信紙上斑駁的墨跡

用手指在他背後劃下的那些字
終究沒有被任何人記好
小說家放棄的故事
被風吹散的砂畫

或許說來
真的有點可笑
然而夏天已經過了
我們卻沒能來得及抵達
說好的海邊

後來的事

我曾經為你把自己變成薪柴
保護你在夜裏想抽菸的習慣
努力學習魔術和跳遠
因為你喜歡生活像驚奇盒
為你整夜不睡
怕你獨自一人惡夢醒來
孤單

我曾守望你如同蚌殼
小心翼翼的含著
它唯一的珍珠……

沒有菸抽的日子

當你年少時
竭力揮霍忠誠
以愛為名字
瘋狂搖擺旗幟
當時
我總不在你身旁

當你失眠時
全心對抗孤獨

以寂寞為理由
掏空自己的身體
當時
我也不在你身旁

等你成熟時
學會消費自己
忽視窗外流逝的風景
彼時
我不會在你身旁

我只是一根菸
被你點燃
進入你的核心

旋即被排除
消失在你的身旁

漫長

路彎曲你
時間經過你
生活活過你
回憶把你絞殺

沒有一場雨
為你而下
沒有人停下步伐

沒有夢留下
夜裏的火爐
沒有溫度
你如此富有
拿不起一根火柴棒

解離

黑咖啡越喝越黑
夜越醒越深
白晝越睡越長
你越來越遠

花

他好嗎
他還好嗎
他還是老樣子嗎
還清所有虧欠了嗎
後來他綻放了嗎
他還沒枯萎嗎
像今晚下雨的時候
他會想起
忘在妳家的雨傘嗎

他仍然來去自如
像個賭徒嗎
在妳離開後的那些夜裏
悄悄地進行
他的光合作用嗎

我曾經是個亡命之徒

我也曾經
真的是一個亡命之徒
如今那一切
都過去了
現在的我擁有一個信箱
並且認真閱讀每一封信
養了一隻貓
申請了一組固定的電話號碼
鈴響時戒慎恐懼地接起
我種植了一些花

在書架上擺了幾套漫畫
固定輪流播放的歌曲
同樣的字型
拜訪同一位醫生
並且持續罹患著
同一種疾病

我真的曾經
是一個亡命之徒
睡在沒有水的井裡
那時的我
像一條魚

我曾經是個亡命之徒
如此愛你

化外

有的遊戲不會結束
有些故事不會開始
有些人不能愛

有種關係不能被撇清
有種秘密不能保留
有的人不願被記得
就像有人不願忘記
有些話不能在任何地方說

有些話不能
與任何人說

有些夜晚
是過不去的

地球人

從今天起
我要做一個地球人
每天洗澡
並且確實吹乾每一根頭髮
不愛上一個以外的人
不專心愛一個人
生病時乖乖服藥
健康時天黑就睡覺
憂鬱症若來犯
吃巧克力自殺

誠實而甜美地
老吾老並且人之老
幼吾幼還要人之幼
用正確的方法綁鞋帶
吃飯時絕不隨意彎曲
他人或自己手上的湯匙
適度為遙遠的乾旱和飢餓哭泣
並在各種節日歡欣
隨著降下的雨水跳舞
讓風把我吹往任何
它想去的地方

輯五

水手服與機關槍

夜幕降臨在我的國家

是這樣的：有人相信銅板都有正反面
有些則不
在這個世界上
陽光並不同時照到
所有地方
有些人天生必須矯正牙齒
有人拿槍就是特別好看

有人是注定為了愛而死去的
剩下的
也不一定是為了愛而活著

夜幕降臨在我的國家

我不革命

我不唱歌
也不跳舞
我不期待晴天
不種花，就不害怕
大水和旱災
我不革命

我不革命
從不作夢

不冬眠，睜大眼睛盛接
夜裏靜靜落下的雪
花
在白天裏安分的恍惚
在時光的年輪中
牢牢地站定

我不革命
沉默是我所能發出
最大的聲音
廣場經過我
群眾經過我
旗幟落下
又揚起，他們要把馬車

變回南瓜
祈禱藍色的天空和
綠油油的樹
在陽光的照射下
變得透明
我不說話

我不說話
我不說我不知道的
我不知道我所說的
我不拿槍
不彈鋼琴
群象已經來過
野雁也都飛離了

我還不知道
自己在等甚麼
如果末日
在戰爭之前來到
我仍不告訴你
自己想做個國王
或是當隻羔羊

自由廣場

與萬人玩影子遊戲
把每一個自己忘記在
每一道關卡
最後剩下的那一個
我
站在荒原中仰頭
把過去忘得
乾乾淨淨
然後開始覺得累

並且感到有點恨
讓自己被雨水打濕
被在乎的人經過
才發現自己一直都活在
他人的密謀中

關門

絕不與誰談論任何
關於傾斜角度的問題
掩住耳朵
就聽不見鈴鐺的聲音
不管那個誰誰誰
尖叫或哭泣

我把家門鎖好
倚在窗邊對著廣場
抽菸

扮演觀光客
吐出一圈又一圈的
雲霧
搖搖頭
對這裏發生的戰爭、不義與傷害
顯得困惑

在門鈴響起的瞬間
把自己變成一枚魔術方塊
沒有誰解得開

我就是我的國王

靜好的歲月

你想要恨
買把散彈槍
揣在懷裏若無其事去逛動物園
你想要愛
把那人拖進暗巷
你渴望綁架
或被綁架

你想要死
現場必須佈置得像被幽靈謀殺

你想知道多少人將出席葬禮
你想知道他會不會來
你想知道他

你想要種植大麻或曼陀羅
你想要細心栽培
一朵嬌豔的玫瑰
然而在這個時代
歲月很難
活著很難
戰爭很難
靜靜喝完一杯茶
很難

革命很難
安分很難
回家很難
離開
很難

一無所有很難
笑很難
大哭很難
說晚安很難
清醒更難

你想要一片花圃

想像的方塊舞

夜空裏還是要有流星劃過
畫框裏的鳶尾花當怒放
愛侶理應共同豢養一隻貓
一條狗
或協力築道圍牆
戰友必須戴著款式相同的
戒指，穿同一種顏色的
衣服，手握同一張地圖
家人該回到同一個家
所有船長的指南針
全部趨往太陽落下的方向

水只在雨季落下
火只在爐裏燃燒
把壞人跟他們的語言
滅毀
比零更趨近於零
宣告解除所有的宵禁
讓眾人像孩子般在廣場拔腿奔跑
大笑，相互友愛地推擠對方
勾著彼此的手跳舞
想像不存在的旋律
統一你我的節奏
修正紊亂的步伐

革命

有光衝破
黑色的繭
我們都看見了

大事

——二〇一四年五月二十一日臺北江子翠捷運站隨機殺人案

（壹）

你看那人總孤單行動
走路，生活
自己收集夢中落下的葉子
沒人打得開生鏽的鎖

你看那人無謂地說
動人的謊言和殘酷的笑話

漫不經心挑選滿月的夜晚
決定犯行
你看那人聲稱要做一件大的
事
他並不在乎自己以外的
軟弱，你們
就這樣看著那人
海上的燈塔
散發微光

（貳）

有沒有一種道德是我們可以選擇放棄
然後快樂的活著
帶著一柄柴刀
燒光所有的山林

為遲來的雨季專心祈禱
為你選擇的和放棄的
寫一首歌
在散開的光暈中大聲告白
然後微笑自死

革命份子的愛人

流言四處奔走惶惶
夜雨落不停
為伊洗好的襯衫
怎麼也晾不乾
日復一日
在桌燈下默默地削鉛筆

聽見遠方的槍響時
看見第一道陽光
於是把自己懸吊起來

做個歡迎伊回家的晴天娃娃

公道價

失眠一整夜的公道價
愛人一輩子的公道價
挺身與整個世界對抗
該贏得多少掌聲
才算公道價

背叛有沒有公道價
羞愧有沒有公道價
被辜負
被孤獨

跟被自己孤獨的賠償金額
有沒有不一樣

你在哭泣甚麼呢
你再哭泣
也哭不出聲音

你在大聲甚麼呢
你再大聲
也改變不了
生來被定好的公道價碼

夜裏的革命

決心要起義
從今開始
祇愛我們自己
不再愛你
用火攻你
燻得誰都淚流滿面
拿起刀子
把你從我切割出去

我們的動作極慢極慢
我們的影子拉得很長
很長，我們
還沒倒下
我們的天
就亮了

輯六

生命是一道傷口

星期五晚上的電話留言

生命如此多義
以至於生活如此
難過

如果聽到這通留言
記得幫我餵貓好嗎

你就這樣聽著雨聲
像是一個困難的謎語
你無論如何記不好旋律

即便是鸚鵡螺或年輪
最後也會抵達一個地方

可是你就這樣

細節

夏天的細節
房間的細節
養一隻貓的細節
相愛的細節
疲倦的細節
如何編織一生的細節

單選題

一、天亮之後，＿

①變成一個更勇敢的人

②自殺

③笑得甜美

④和你去坐旋轉木馬

二、在那之前，——

①切莫給我太多希望
②不哭
③別為我伸張正義
④抱我

在同一個宇宙之中

被愛的人是幸運的
被漫天星空守護
被一首歌安撫
被溫柔地愛著
被禮貌地對待

愛人的人是難過的
被漫天星空壓垮
被一首歌弄哭
被禮貌地恨著
被溫柔地放棄

早安你好

浩瀚的宇宙早安
銀河系早安
地球早安
島嶼早安
一個人跟其他的一個人們說
早安

早安
一個人想跟其他的一個人們
吃早餐

男女不拘
水煮蛋
法式土司
燒餅夾油條
夾得太緊
倒著吃
正著吃
同時吃
都好
趁熱吃最重要
慢了就冷掉

每個一個人
都想跟其他的一個人們

吃早餐
男女不拘
中西式
都沒關係
半糖
加不加奶精

每一個人都相信
只要多一個人在身邊吃早餐
就能真的早安
早安你好
早安島嶼
早安地球
早安銀河系

早安，浩瀚的宇宙
找不到自己的那顆星球

輯七

瓶中信

旁觀他人之痛苦

我們脫下鞋放在岩岸上
海上的風帆看起來
好像很遠

你說對生活絕望
你說自己總是在問路

我告訴你目的地不在你想像的地方
我祝福你重新
再好好走一趟

兩隻帆布鞋
並排在安靜的午後

浪花打上岸時
你還會是你
我仍舊保持
我的旁觀嗎

你不知道怎樣愛我

——向顧城〈我不知道怎麼愛你〉致敬

在月圓的晚上
你手持斧頭
帶著痲繩在等我

你就坐在那裏
你說不知道怎樣愛我

風起的時候
你為我披衣
在頸上咬下齒痕

你說你這麼做
是因為不知道怎樣愛我

汽笛聲響起的時候
你放開梯子
抓緊我的手
此刻我才知道
愛從來不知道我們
是怎麼了

你好嗎？

你遺忘自己親手播下的那枚罌粟種子
如今已經住進那間你離開的屋子
那個曾被你捧在掌心的女孩子
變成一枚陳舊的玻璃瓶子
盛開著火紅的血滴子
入定在你為她安排好的位置
抖擻著
枯萎著
蜷縮著
綻放成你最迷戀的樣子

四個尋找張愛玲的劇中人

I 劉荃：

若你期待遭遇無目的攻擊
那你得算準時間現身於歹徒的
動線。在那之前
你勢必先在人群中
認出那位有潛力也有心的
準兇手

恐怕你需要的
正是猝不及防被軍隊抓走

才有理由跟爸爸媽媽
老師同學
同事大哭告別
才終於有藉口聯絡
撕破臉的昔日戀人
而不是出自軟弱

又或著你必須
鍛鍊自己像是
在公車上一個人高聲說英文
還是突然跑到西伯利亞旅行
讓鼻頭被冷風吹到皸裂

公園長椅上坐了個老頭
他把靴子放在自己掌心中
專心往裏頭掏個不停
你羨慕至極

II阿小：

她今早起床的時候有點氣
所以刻意錯過自己的婚禮
到路上去檢舉吐痰的人
作為一個新嫁娘
她顯得太過積極
但生為武器
她還有點力氣

她決定生氣
因為結婚這檔事
就是一名男子用兩個五塊
和她換枚十元硬幣

III 戈珊：

身旁的陌生乘客盹著了
攤開一個很安靜的掌心
朝上，妳就搖醒他
悄聲提醒他列車已進站
他將同妳離開
把為另一個女人帶的手信
忘在座位上

IV王嬌蕊：

妳用眼淚為戀人去角質
好讓他看上去永遠像個孩子
妳的發條有點壞掉
妳不能控制自己變得太勇敢
高速行進的列車被子彈射穿
妳的自由無限可妳太在乎細節
高速行進的列車被子彈射穿
妳發現自己坐過了站

詞窮的詩人

詞窮的詩人在週末的夜裏喝酒
打開電腦瀏覽線上的每個暱稱
搜索所有在意的人
努力回想
那枚被遺忘在角落的唇紋

詞窮的詩人自己旅行
戴耳機聽歌看窗外流逝
風景
在路上尋覓有北方感覺的風

看水
看山
看鏡子
看貓的眼睛
看貓眼中的自己

詞窮的詩人拿起電話
撥昔日戀人的號碼然後不出聲
寫恐嚇信給尊敬的人
好好地甩了自己
再狠狠大聲哭泣
把自己綁架
然後替自己報警
抱緊被綁架的自己

假裝曾源源不絕的詩意
仍在懷裏

達蘭薩拉男孩

達蘭薩拉男孩
住在半山腰上
賣電子梵音舞曲
專輯，韓劇DVD
十片兩百盧比
達蘭薩拉男孩
隨身攜帶保溫杯
保不住犛牛奶的溫度
只好用來裝汽水
每個達蘭薩拉男孩

每晚都打電話回老家
每個老家都是片浩瀚的
草原，開滿了比人高的
花朵，失去牧者的羊群
夜裏做著
翻山越嶺的夢
走走，走走走
我們小手拉小手
走走，走走走
一同去郊遊
兩萬人民幣保證金
上繳，保不保證送達
沒有高山
症的天堂

穿雲撥霧裏看花
夢裏不知身是客
客途中
身分證弄丟，夢被扒走
一回首
鄉音無改鬢毛衰
老男孩
親吻懷裏
金髮碧眼的
文成公主，明天
就可以嫁去美國
達蘭薩拉先生
摟緊懷裏的孩子
搖搖迷你小經輪

在茫茫雲靄中
覆誦他真正的名字

（第七屆林榮三文學獎新詩獎佳作）

放開那個女孩

放開那個女孩吧
你怕她不會照顧自己
其實她會好好的

她總是好好的

她的好
你甚至不夠知道
手順著開口往裏面摸
整個人就會
掉進去的

就算你把這部電影
重看十次，把這份劇本
重寫五次
最後
還是不會變成詩
你把自己投進去
換到的永遠只是
一具對你微笑的浮屍

她的冰冷，她的熱情
她的火山，她的南極
她毛衣下柔軟的乳房
她耳後的蝴蝶髮夾
她的狐狸沒有尾巴

她的戰士不准投降
她的長睫毛是蜻蜓的翅翼
點過水
就飛走了

安那其安娜卡列尼娜

她習慣閉上雙眼
在熙來攘往的廢墟
跳格子，把絕望的電影
織在日常中，把善回收
向海洋
投擲火焰

她老是忘記帶鑰匙
把戀人們接二連三
反鎖進海市蜃樓

然後才發現
六個耳洞
只有一半能用

她成天誤讀印度
專心祈禱世界末日
沒事剪剪靈魂

她深諳一座小屋
坐懷不亂地起霧
的道理，卻不懂得
情感性疾患與
脂漏性皮膚炎
哪種比較有懈可擊

她所謂的
寫作，是盯著空白的稿紙失眠
然後花一場夢的時間
勉為其難寫下四個字
「朝花夕拾」

她的記憶床墊
比她記憶更多事
因為她一睡著
就會張開

（第二十五屆清華大學月涵文學獎新詩組首獎）

輯八

彩蛋

祈禱

給我一些向日葵的種子
為我指路
那片廢棄的花圃

告訴我
哪裏才可以感覺到冷
教導我
如何向比自己軟弱的人
撒嬌，一邊哼歌

一邊啜泣著
學習生活

隱版

我把版藏起來
你就看不見
我想給你看見的我

我把版鎖起來
把你關在門外
沿著黑暗的邊緣
摸索黑暗

我把版打開
請所有人走進來
讓音樂與酒杯交互碰撞的聲響
把我寵壞

我把版收起來
卻忘了帶走影子
不再也無所不在

燈謎

在黑暗中
搆不到世界的邊緣
來不及等到親手種植的花朵綻放

這個冬天太長了

直到我發現迷宮沒有出口
我才明白
光不曾照進來過

剩人狀態

你看上去
是莊嚴的
在爬到最高的山巔之後

你看上去
是滿足的
在爬到最高的山巔之後

你看上去
是沉靜的
在爬到最高的山巔之後

你都沒發現自己
開始變透明了
只剩下人的輪廓
還留在凌亂的床單上
無法自拔

花樣年華

在星期五的晚上
如果不是很想回家
就拎著幾只空酒瓶
蹲坐在公園的長椅上
或放任自己受影子蠱惑
去做奇怪的事情

終於有理由掏出打火機
再負氣般捻熄一根又一根香煙
蹲坐在牆角安靜呼吸

誰借我幾個空酒瓶
一起去坐旋轉木馬
在星期五的晚上
一起編些故事
再把它們
通通埋在樹下

誤讀

我們都曾那麼年輕
以為和誰誰誰
經歷過一個完整的雨季
就叫做愛情

鐵石心腸

從今天起
我要做一個有擔當的人
亂摘路邊園圃中每朵怒放的花
如同撕下斑駁牆上
每張徵學生租房子找語言交換的
電話紙條
把唾沫呸向所有可能的對象

向每個四目交接的路人
比中指，幫生命中那些眼神漂亮的男人女人

打扮得更加漂亮
規定自己每大聲說一次髒話
就搬一次家，真正愛上一個全新的人
才能剪指甲

為每個住過的房間上鎖
然後忘記每個鎖的密碼
然後貼上「就算是工作人員
也禁止進入」的告示

背著家人參加各種革命，像背著戀人
為另一個戀人做早餐一樣
認真地搖擺旗幟

並像所有善變的戀人一樣
認真地搖擺立場

對每個未接來電視而不見
對每個孤兒每顆核彈每位候選人
每句情話每首未完成的
三流情詩
每隻落單的襪子每個新年新希望
視如己出也視如敝屣

如果這就是你所謂的鐵石心腸

黑盒子

打開黑盒子
你會得到甚麼
一名美麗的少女
一個自殺的機會
一齣半生的緣分
一次手機震動
或者大地震動
還是我們通通都變老
抵達美好的
多年以後

後記　這裏

終於也有這麼一天，我來到了「這裏」。

其實我一直不知道怎麼寫後記，就像我從來不懂得好好愛一個人。然而，我還是要求自己勇敢了一次——希望，今後也能夠一直勇敢下去。

行腳至此，必須感謝許多旅伴，在這趟顛簸的路程上默默忍受我的罪孽，陪我持續到最後一秒鐘——包括那些以各種形式離開的人：是你們的轉身，讓我得以擁有自己的房間。

坦白說，直至此時，我仍對眼前的風景感到興奮並困惑——像個失去方向感的遊人，站在沒有路標的街口，卻從未如此強烈地感覺到自己的「存在」。

我知道有朝一日終將離開，但確信自己將慶幸曾抵達。在這裏，我將自己的第一本書，獻給我的父親與母親。

徐珮芬　二〇一五年一月十五日

讀詩人58　PG1236

還是要有傢俱才能活得不悲傷
——徐珮芬詩集

作　　者　　徐珮芬
責任編輯　　劉　璞
圖文排版　　楊家齊
封面設計　　楊廣榕

出版策劃　　釀出版
製作發行　　秀威資訊科技股份有限公司
114 台北市內湖區瑞光路76巷65號1樓
電話：+886-2-2796-3638　傳真：+886-2-2796-1377
服務信箱：service@showwe.com.tw
http://www.showwe.com.tw
郵政劃撥　　19563868　戶名：秀威資訊科技股份有限公司
展售門市　　國家書店【松江門市】
104 台北市中山區松江路209號1樓
電話：+886-2-2518-0207　傳真：+886-2-2518-0778
網路訂購　　秀威網路書店：http://www.bodbooks.com.tw
國家網路書店：http://www.govbooks.com.tw
法律顧問　　毛國樑　律師
總 經 銷　　聯合發行股份有限公司
231新北市新店區寶橋路235巷6弄6號4F
電話：+886-2-2917-8022　傳真：+886-2-2915-6275

出版日期　　2015年4月　BOD一版
定　　價　　230元

國家圖書館出版品預行編目

還是要有傢俱才能活得不悲傷：徐珮芬詩集 / 徐珮芬著. --
一版. -- 臺北市：釀出版, 2015.04
面； 公分. -- (讀詩人；PG1236)
BOD版
ISBN 978-986-5696-79-5 (平裝)

851.486 104000585

讀者回函卡

感謝您購買本書，為提升服務品質，請填妥以下資料，將讀者回函卡直接寄回或傳真本公司，收到您的寶貴意見後，我們會收藏記錄及檢討，謝謝！如您需要了解本公司最新出版書目、購書優惠或企劃活動，歡迎您上網查詢或下載相關資料：http:// www.showwe.com.tw

您購買的書名：________________________________

出生日期：________年________月________日

學歷：□高中（含）以下　□大專　□研究所（含）以上

職業：□製造業　□金融業　□資訊業　□軍警　□傳播業　□自由業

□服務業　□公務員　□教職　□學生　□家管　□其它____

購書地點：□網路書店　□實體書店　□書展　□郵購　□贈閱　□其他

您從何得知本書的消息？

□網路書店　□實體書店　□網路搜尋　□電子報　□書訊　□雜誌

□傳播媒體　□親友推薦　□網站推薦　□部落格　□其他________

您對本書的評價：（請填代號　1.非常滿意　2.滿意　3.尚可　4.再改進）

封面設計____　版面編排____　內容____　文／譯筆____　價格____

讀完書後您覺得：

□很有收穫　□有收穫　□收穫不多　□沒收穫

對我們的建議：________________________________

____

____

____

請貼
郵票

11466
台北市内湖區瑞光路 76 巷 65 號 1 樓
秀威資訊科技股份有限公司 收
BOD 數位出版事業部

....

（請沿線對折寄回，謝謝！）

姓　名：__________ 年齡：______ 性別：□女 □男

郵遞區號：□□□□□

地　址：__________________________

聯絡電話：(日)__________ (夜)__________

E-mail：__________________________